君比閱讀廊
漫畫少女偵探
3
穿越時空
的插班生
君比 著
山邊出版社有限公司

目錄 contents

序一

首先，我要感謝君比老師邀請我為《漫畫少女偵探3・穿越時空的插班生》撰寫序言。作為君比老師在香港資優學苑的學生兼她的粉絲，我感到十分榮幸，也十分興奮，這個機會實在難能可貴，我要感謝老師對我的栽培和欣賞。

還記得我第一次看君比老師的小說系列是《叛逆青春》系列。故事的情節十分緊湊，出人意表，令人百看不厭。她擅長用筆細細勾畫青少年的心理，每一本書裏的角色都在她筆下表露無遺，而且內容大多根據現實來寫，容易引起大家的共鳴，從而吸引一眾讀者繼續追看她的小說。

今次，君比老師作出了新的嘗試——撰寫偵探小說。《漫畫少女偵探》的內容撲朔迷離，引人入勝，而我最喜歡的主角就是張小柔，她樂於助人，擁有高超的分析力和靈活的腦袋，因而令她比警方早一步破案。繼上集的中二女生周曼曼謀殺案，小柔又遇到另一宗奇案：教授英文科的張妙思老師突然失蹤。此時，小柔的學校又來了一位名叫宋基的插班生，他的英文能力非常好，可是他不常和其他同學來往，是個謎一樣的同學。究竟宋基和張妙思老師有什麼關係？小柔知道真相後又如何協助他？那就要請大家翻看這本書，自己從中尋找答案了！

一本好的小說，除了要內容豐富，情節吸引外，我個人認為它更要能像一塊磁鐵一樣，把讀者「吸」住，並令讀者們有置身其中，親歷其境的感覺。而君比老師的小說就正正做到了。期待着君比老師繼續創作更多精彩的小說，讓更多讀者欣賞到她的小說，大飽眼福。

聖士提反女子中學
中一級學生
陳翠茵

序二

首先，我要感謝君比老師把這一個如此寶貴的機會給我，令我可以為老師寫這新書的序言，作為小六生的我，感到十分榮幸。

我還記得第一次接觸君比老師的作品是在我四年級的時候，當時我的姐姐瘋狂地追看《叛逆歲月》，當時我只是有點疑惑，為何她會為一系列書而瘋狂呢？於是便隨便拿了君比老師的一本書來看，發現原來小說是有很多思考的空間，亦蘊含很多不同生動有趣的情節，不會枯燥乏味，結果我便愛上了君比老師的作品。除此之外，我還看了老師的其他作品，例如《穿越HOME》系列、《再見了・我的過去》和最新出版的《漫畫少女偵探》系列。讓我最開心的就是，學校邀請君比老師到校舉行講座，君比老師還送了一張海報給我，我會永遠把它掛在我家的牆壁上，記錄下那天的興奮和喜悅呢！

說回有關此系列的內容吧！上回說到，機智又聰明的小柔再次識破了難題——周曼曼原來是被謀殺的。而今次小柔就遇到了一件在身邊發生的案件：她的英文老師失蹤了，而這時，有一個穿越時穿的插班生來了，這人竟然是老師的弟弟？看來小柔今次又遇到一件棘手案了。現在就讓我們一起進入小柔那充滿疑團的世界吧！

最後，我要再次感謝君比老師的青睞，這次經驗將會令我畢生難忘，刻骨銘心的。

順德聯誼總會胡少渠紀念小學六年級學生
鍾希桃

序三

首先，我感到非常榮幸，有這個難得的機會為君比老師寫序言。

告訴你，從前的我一點也不喜歡中文，更不喜歡閱讀中文小說呢。可是，自從一個同學向我推介君比老師的小說《叛逆歲月8・擁抱幸福的七彩氣球》後，我便開始對老師的書感到興趣了。漸漸地，我就像「追星」一樣，不斷閱讀她新出版的小說，每一頁細心品味，更常常追問老師新書會在何時出版呢。君比老師，你把我徹底地改變了，謝謝你呀！

在《漫畫少女偵探》系列中，你印象最深刻的角色是誰？應該是主角小柔吧。我也是啊。小柔靠着她明察秋毫的觀察力，還有她家人和朋友的幫助，解開了一個又一個的謎團。你對這系列的故事內容是不是也同樣充滿疑問呢？例如，究竟藍天和小柔有什麼關係呢？為什麼他們的樣貌會那麼相似呢？竹山勁太究竟隱藏着什麼真相呢？嘿嘿，我也想知道呢！很多問題都有待解答，對吧？

在《漫畫少女偵探3・穿越時空的插班生》中，出現了一名新角色——宋基。其實，他是來自二〇四六年的，到二〇一六年的目的，是找回他的家姐，即是小柔的英文老師——張妙思！原來來自未來的張老師打算在二〇一六年逗留一百二十三日後就回自己的時空，可是在一百二十三天後，她卻離奇失蹤。為什麼她沒有按原定計劃在一百二十三天後返回二〇四六年呢？小柔決定和宋基一起去查找張老師的下落……

希望大家可以享受閱讀這本書的過程，欣賞每一字每一句，和小柔一同找出事情的真相。

我想再次感謝君比老師給我這個小讀者寫序言的機會！

嘉諾撒聖瑪利中學
中一級學生
魏嘉妍

一 凌晨到醫院探病

「司機，麻煩你駛去木山醫院！」

小柔坐上了計程車後，跟司機道。

司機從倒後鏡瞟了她一眼，好奇問道：「小妹妹，怎麼你在凌晨二時獨自乘車去醫院，沒有大人陪同？是否有親人入了急症室？」

「算是吧！」小柔往後座椅背一挨，轉頭望出窗外，發覺這晚上，天空呈極深的藍色，沒有雲，也沒有星星，月亮卻大而且圓，但不是平日的淡黃色，而是蒼白如垂死的病人。

車子在寂靜的街道上飛馳。

她把手機從衣袋裏掏出，查看一下。

沒有來電，也沒有訊息，即是，爸爸仍在熟睡中，不知道她半夜溜了出來。

計程車在交通燈前停下。

「小妹妹，你的親人因什麼事入急症室？」

沒有播放音樂的車廂，靜得令人感到不自然，司機遂掀起話題。

「心臟病。」小柔回道。

「嘩！心臟病可大可小啊！你的親人什麼年紀呢？」司機關切地問。

「六十多歲了。」她猜道。

「啊——」司機長長的「啊」了一聲，道：「那麼大年紀心臟病發？希望……他吉人天相吧！」

「我也希望她可以過了這一關。」小柔在心裏暗道。

* * *

「姑娘，請問竹山勁太的太太現在是否仍在手術室？」到達木山醫院了，小柔跑到櫃枱查問。

「她的全名是什麼？」護士問。

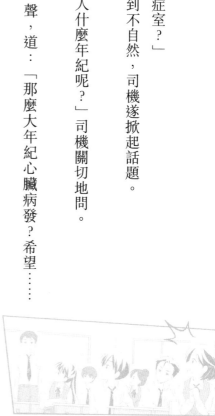

竹山太太的全名？

新聞報道過，好像是趙菲。

「是趙菲。」小柔淡定地回道。

三更半夜來探病，當然該知道要探的人的姓名，否則只會被當成「白撞」。

「你是趙菲女士的什麼人？」護士打量一下小柔，問。

「我是她的表姨甥女。」小柔從容地道。如果如實說——是趙菲女士病發前點名要見的人，護士未必會相信。為「方便」起見，還是這樣說好了。

「那我可以告訴你，她的手術已完成，現正在十一樓深切治療部留醫。」護士放心地道。「她的女兒說過，不接受任何傳媒採訪，拍照也不可以。」

「竹山先生和他太太不是無兒無女嗎？」小柔記得莫老師給他們的資料上提及過的。

「啊！我更正，該是他們的契女卜小姐！」護士微笑道：「卜小姐交帶，絕不可向傳媒透露趙菲女士的房號，『亂認親戚』的更要把他們驅逐！」

「對啊！要杜絕『白撞』！」小柔睜大眼點頭道，竭力保持鎮定，以免被識

穿。

十一樓的深切治療部重門深鎖。

門前設有一張小桌，坐着一個看門嬸嬸，一見小柔即查問道：「你來見誰？」

「趙菲女士。」小柔回道。

「請報上你的名字。」嬸嬸道。

「張小柔。」

嬸嬸翻閱一疊名單，搖搖頭道：「探訪名單上並沒有你的名字呢！」

小柔不慌不忙地道：「趙菲姨姨是因心臟病發入院搶救的，她的探訪名單該不是她親自撰寫的吧？是否由她的契女卜小姐寫的？」

「是。趙菲女士仍未醒，名單是卜小姐代寫的，探訪者只限親戚。你是趙女士什麼人？」嬸嬸問。

「我是她的表姨甥女。」說話開了個頭，還是要說下去，不能胡亂改動。「卜小姐——或許寫漏了我的名字。」

「但，名單以外的人，不能進病房！」嬸嬸堅持道。

就在這時，深切治療室的門開了，一名中年婦人從室內走出。

「你不如親自問問卜小姐吧！」嬸嬸抬頭望向這婦人。

這婦人約莫三、四十歲，身型略胖，但衣着講究，看來是富貴人家。

「卜小姐，」小柔暗暗吸了一口氣，大着膽子上前跟她道。「你好！我叫張小柔。」

「你是誰？我不認識你啊！」卜小姐皺起眉頭，問道。

「你剛才不是說你是趙菲女士的表姨甥女嗎？」在一旁的嬸嬸即警覺地問。

卜小姐馬上退後兩步，以戒備的眼神盯着她，問：「你究竟是誰？凌晨時分到來醫院，自認是契媽的親戚，你有何居心？你是記者？看你年紀小小，又不似是記者……」

「卜小姐，我……」

小柔咬咬牙，正思索着下一步的時候，嬸嬸站起來，作了一個看來非常英明的決定。

「卜小姐，我現在馬上召警衛來把她帶走！」

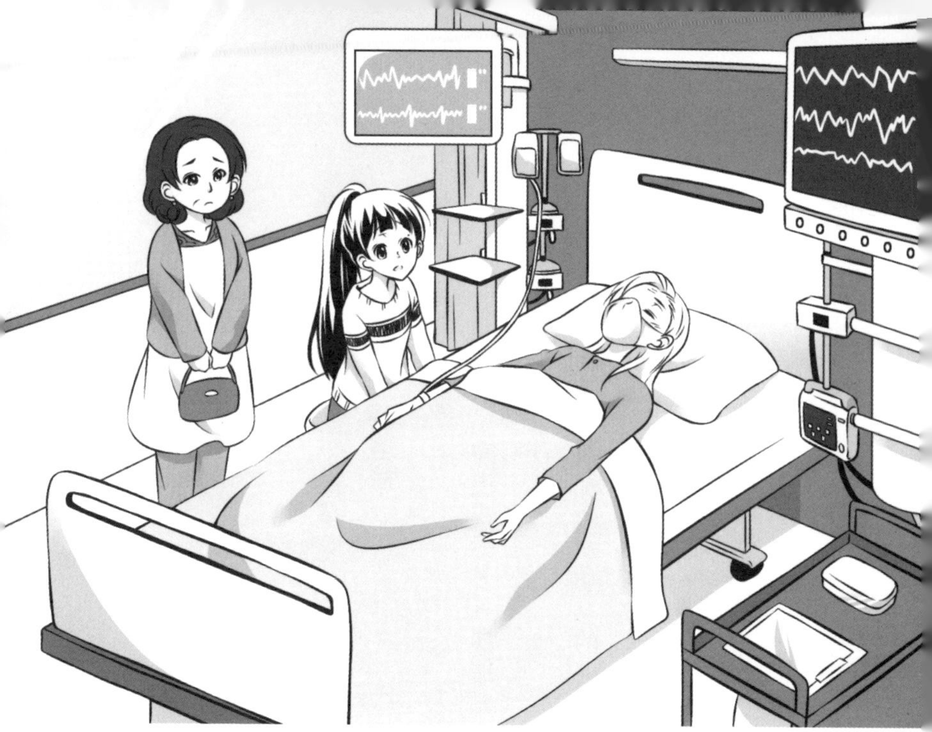

「嬸嬸，請等一等！」小柔揚起一隻手，制止了她，另一隻手飛快的打開斜肩袋，掏出一張照片，遞給卜小姐。

「你看看相片中的女孩，再細讀相片後的字，便會明白我到來醫院的目的。」

* * *

早前才在娛樂網台見過優雅貴氣、談吐溫文的趙菲女士，接受記者訪問，並在鏡頭前主動邀請小柔前往找她。

如今，趙菲女士正躺在深切治療部的病牀上。手術後的她，仍未蘇醒。病牀的兩旁擺放了各種不知名的儀器，閃動的熒幕上的線條，偵測着她的情況。

「她有否蘇醒過呢？」小柔坐在趙菲的牀邊，輕聲問身旁的卜小姐。

她搖搖頭，回道：「沒有。醫生說，幸好她是病發後極速被送來醫院，及時推進手術室急救，而手術是順利的。現在，生命該是保住了，只等她蘇醒過來，才可以評估之後有否後遺症。

「我契爺，竹山先生正在另一所醫院，仍未醒轉，現在，契媽又……

「他們在這兒的親戚不多，都是上了年紀的，我已算是年輕的一個，理所當然是由我來廿四小時陪伴。

「十二年前，我在契媽朋友的公司當接待員。一天，契媽到來找朋友，一見到我，竟有一見如故的感覺。她知道我孤兒的身世後，便馬上收了我做契女，介紹我去她另一朋友的大公司工作，就在那兒，我認識了我現任丈夫，婚後便相夫教子。所以，契媽對我來說，非常重要，她是改變我一生的人。

「我和契媽很有緣分，她待我如親生女兒。契爺也很疼錫我，但他甚少跟我說他自己的事。我只是從契媽口中得知道他是漫畫家，代表作是《少女偵探藍天》。

「我一向沒有看漫畫的習慣，契爺也沒有給我看他的作品。你問我，少女偵探藍天是否真有其人，我不清楚呢！」卜小姐淡笑道。「不過，坦白告訴你，我剛才看到相片中的藍天，和你的樣子幾乎一模一樣，真的嚇了一大跳！只可惜，我未能解答你心中的疑問，一切或要待契媽或契爺其中一個醒來才有分曉。

「你為何不早一點聯絡她或契爺呢？」

這個問題，她在心裏問了一次又一次。可惜的是，她沒法穿越時空，回到趙菲心臟病發前，又或者竹山勁太遇上交通意外前。

這個晚上，她輾轉反側不能入睡，為自己的懦弱而感內疚。

她有勇氣去偵查兇殺案，追捕疑犯，卻沒有勇氣去揭開一些和自己有關的事情真相。

到底是害怕什麼呢？她不太清楚。

凌晨時分，小柔按捺不住，起牀更衣，匆匆的趕來醫院。

也不知道趙菲女士的情況，心裏就是有個衝動，一定要來醫院一趟，看看她，為自己遲來向她道歉。她不奢望趙菲女士會馬上醒來，解答她的問題。她只希望親身去見她，純粹見一見。

二 歡呼聲之後

「嘩——小柔，你——今天你的黑眼圈很明顯呢，遠看還以為你戴了黑框眼鏡！」志清鬼鬼地道。

「今天沒有測驗，昨天功課又不多，你不會因為要溫習而捱夜吧？難道你——愛上了打機？」王梓笑問她。

「我才不會在打機上浪費時間！」小柔輕輕打他的頭一記。

「那麼，你有什麼解不開的心結？」志清湊到她臉旁，故作一臉情深的問她。

「不妨告訴我，向我盡情傾訴，包你今晚一覺睡至天明！」

小柔來回望了他們一眼，道：「我的確是有個心結。昨晚我獨個兒去了一個地方，想把心結解開。」

「你去了哪兒？晚上去？獨個兒？你不是偷偷去買醉吧？」志清換了一副嚴肅

的表情，問道。

「你認識了我這麼久，仍不清楚我是個怎樣的人嗎？」小柔鼻孔哼出一口氣，道。「喝酒、吸煙、劏手這些傷身又無助解開心結的事，我絕對不會做！其實，昨晚我在凌晨二時去了木山醫院探望竹山太太。」

「凌晨時分去？不是已過了探病時間嗎？你又不是她的家人，院方一定不讓你進去探病！」王梓搖搖頭，道。「你昨晚是白走一趟了，是嗎？」

「我是張小柔喎！你們認識的張小柔不是足智多謀的嗎？我想了一個天衣無縫的方法，成功闖進了深切治療部。雖然竹山太太在手術後仍未蘇醒，但我至少走到她牀邊，跟她道歉，並祝福她儘快康復，然後跟我詳談竹山先生的漫畫，及我和藍天之間的關係。」

「小柔，你究竟用了什麼方法，竟可以凌晨去探病？還有，以非家屬的身分進入深切治療部？你真是能人所不能！」王梓也讚賞她道。

小柔正想回答時，宏亮的上課鈴聲響起了，中斷了他們的對話。

* * *

第一節是英文課。

平日甚準時的張妙思老師，今天卻遲了十分鐘仍未見影蹤。

班長遂到教員室找她，回來時，跟大家報告道：

「教員室的老師都說，今早沒有見過張老師，她座位也沒有放手袋。我到校務處去查問，他們翻看簽到記錄，張老師今早並沒有簽到，但她也沒有致電回校請假。校務處職員致電她的手機，幾次都不通。職員着我先回課室，一會兒自會有老師來代課。」

「好嘢！張老師缺席，今天不用默書！」有人拍手歡呼起來，其他人也興奮尖叫。

「張老師沒有回來，又沒有請假，難道她在返校途中遇上了什麼意外？」小柔沒有跟大隊歡呼，而是很冷靜的提出了這一點。

「如果她真的遇上了交通意外而不能接電話，警方該會取得她的手機。校務處職員致電她，警方會代接電話，講述她的情況。」王梓細想後，回道。

「張老師若遇上嚴重意外，如車子爆炸或跌下山，不單止人沒了，手機也沒

他們翻看簽到記錄，
張老師今早並沒有簽到，
但她也沒有致電回校請假……
一會兒會有老師來代課。
好嘢！
張老師缺席，今天不用默書！
又沒有請假，
難道她在返校途中遇上了什麼意外？

了。」子樑作了一個可怕的假設。

「你以為現在拍災難片嗎？在香港，上次有車子爆炸或跌下山是多少年前？」志清駁斥他道。「照我推測，張老師該是不舒服，忘了致電回校請假，又關了手機才睡覺，所以校方找不到她。」

「若是這樣，她算不算曠工？會否被記小過？」海燕驚問。

「學生曠課會被記小過，老師怎會被記過呢？他們曠工，可能會被炒！」王梓更正道。

「沒有那麼嚴重吧？我認為只是會收警告信，一而再，再而三犯的話才會被炒。」志清道。

「張老師人那麼親切，教導又用心，我不希望她被炒啊！」美淇擔心道。「她是難得的好老師，是我遇上的英文老師中最好的！」

「我也很喜歡張老師，她漂亮又溫柔，還很關心我們。真的希望她可以年年當我的英文老師！」

「各位同學，『冇王管』時間完結了，馬上返回你的座位！」代課的周老師踏

進課室，一聲令下，全班歸位。

「張妙思老師缺席，這一堂由我來代。」周老師道。

「張老師病了嗎？她有否致電回校請假？」美淇問道。

「我不方便說，待張老師回來，你自行問她吧！」周老師拒絕回應。

結果，大家足足等了三天，張老師仍未回來。

第四天，她依然沒有蹤影，卻有一位「新人」到來了。

三　少年版宋仲基

早上，大家如常的在操場集隊，等候早會開始。

「你就站在這兒吧！」班主任莫老師把一個陌生的男生帶到3A的隊頭。

高高的他，在隊中可算是鶴立雞羣。

後面的女同學開始竊竊私語了，男生轉過頭來向後望，跟正往前看的小柔四目交投。

「嘩！宋仲基來了我們班！」站在小柔後面的美淇指着他驚叫起來。

站在附近的同學聞聲都自然地往她指示的方向「尋星」。

男生馬上回過頭去，站定。「尋星」一族都一臉失望。

「小柔，你說那個男生會否是宋仲基的弟弟呢？剛才看了他一眼，覺得他跟宋仲基的相似度是九成五！」

「跟誰的相似度是九成五呀？」莫老師突然在她們身邊出現。

大家聞言，馬上閉嘴。

* * *

「你就坐在這兒吧！」

到了課室，莫老師把男生帶到小柔身後的空位，讓他先放下書包，安頓下來，才請他站起，跟同學打個招呼。

「各位，相信你們都留意到，我們班來了一位插班生。這個學年，他會和我們一起學習，希望大家可以相處愉快。」莫老師微笑道：「宋同學，你有什麼想跟大家說呢？」

「沒有。」男生搖搖頭，作勢要坐下來。

「你叫什麼名字呀？」美淇趕忙問他道。

「宋基。」他回了，慢慢坐下。

「宋基，是宋仲基的縮寫?!」女生開始瘋狂尖叫起來。

「送機？誰會改這麼『低能』的名字？」男生的反應跟女生的截然不同。

「喂，送機！難道你媽媽是在機場送機處生下你，所以會給你改這麼一個古怪的名字？」有人更打趣問道。

「這樣的問題，好像不大禮貌！」莫老師皺眉道。

「宋基，你的爸媽替你改這名字，可有特別意思呢？」海燕問。

「沒有。」他冷冷地回道，微垂下頭，似乎沒有興趣在這個問題上延伸下去。

「你們待午飯時或放學後才跟他傾談吧！現在是收功課時間，請先把中、英、數功課傳上來。」

莫老師硬把大家的注意力扯回收功課一事上，但大部分女生的心，都給宋基「攝」住了。

班主任課臨完結前，莫老師走到小柔身邊，道：「張小柔，你既然坐在宋基前面，就由你來照應他，午飯時間，你和王梓就跟他一起吃，順道帶他遊一次校園，讓他知道學校的設施。好！拜託你！」

莫老師交給小柔這個差事，便轉身離去了。

「你——如果不想做我的『導遊』，我不會勉強你。我自己摸索也可以。」

宋基盯着她，輕輕地道。

這該是他今早在校出現以來，第一次正視人家的眼睛説話。雖然他一臉木然，但那雙眼睛竟然帶着一股潛伏的感情，仿如兩把鈎，緊緊的把她的心神鈎住了。

「不！怎能夠讓你自行摸索呢？你新來報到，當然要由我們帶着，儘快來一次校園導賞。今天的午飯時間，你一定要和我們一起外出，這是莫老師給我的任務，也是我們這些『舊人』的責任！」

話剛出口，小柔也對自己有這份堅持感到詫異。

「好！如果你很樂意當我的導遊，我也願意擔任遊客。」

四 不相信世上有時間旅行者

「你們先回去餐桌坐下吧！我自行等餐可以了。」宋基站在快餐店候餐處，跟小柔道。

「好！我們就坐在近大門那張桌子，你記得在哪兒嗎？」小柔兩手捧着托盤，但仍湊近宋基，細心地問道。

「當然記得！」宋基翹起一邊嘴角，微笑道：「我是插班生，不是智障生，沒可能兩分鐘便忘了自己的桌子在哪兒。」

小柔咧嘴而笑，道：「一會兒見。」

才剛轉身，和她一併走着的王梓馬上埋怨道：「小柔，我們由中一開始三人行了兩年多，一直都很開心。為何你硬要多插一個人進來呢？我們不認識他，談話多麼不暢快啊！你大可以馬上推卻莫老師，要她找一個男生去『應酬』宋基的！因為你坐在他前面，就請你作他的導遊？我覺得沒有道理囉！她該請班長或班會主席去

做才是……」

「王梓，不要這樣小器！同學間互相幫忙而已，何況他是插班生呢！我們由『小學雞』升上中一，也是由高年級大姐姐大哥哥帶着遊校園，幫助適應，現在轉客為主，由我們充當大姐姐大哥哥的角色，有何不妥？」小柔反問他。

「那時，我們只有十一、二歲，面對比小學大兩倍的中學校園，當然要有人帶着遊走才行。但那宋基已經是中三生，牛高馬大，用不着你像怪獸家長一樣，帶着他遊東遊西吧！」

到餐桌了。

小柔負氣的把托盤「啪」的放到桌面。

「是否因為他貌似宋仲基，你才不希望他加入我們？如果他像個大叔，就沒問題了，是嗎？」她問。

「不！我……不是這個意思！」王梓急忙道。

「不是這個意思？那你是什麼意思？」小柔翻他一白眼，問道。

「我沒有什麼特別意思。」王梓怕說多錯多，只好閉嘴。

「沒有意思的話就不要說了。」小柔嘟着嘴，道。

在一旁的志清見兩人之間有很重的火藥味，遂不敢胡亂插嘴，默默地開始吃他的午餐了。

宋基捧着餐回來，坐下一會兒，來回望望他們，問：「你們向來吃午飯，都是沉默不語的嗎？」

「不！只是今天。」志清見小柔不作聲，遂回道。

宋基聞言，道：「是我影響了你們嗎？真的不好意思！我可以坐到鄰桌。」說畢，作勢要站起來。

「你不要傻啦！大家同一班，為何要分桌坐？」小柔馬上拉着他的臂膀，一臉認真的道：「我們是不太認識你，不了解你，不知如何掀起話題而已。不如，你先談談你自己吧。為何你會插班入讀我們學校呢？」

宋基抿抿嘴，回道：「我和家人剛剛從美國回流返港，這間學校就近我的家，我便來申請插班，就是這樣了。」

「你從美國回流？你是在美國出世？抑或小時從香港移民去呢？」小柔圓瞪雙

眼道。

「我在美國只是住了半年而已。」宋基淡淡地回道。

「你在美國東岸抑或西岸居住？」王梓問道。

「什麼？」宋基望向他，問道。

「你在美國哪個州分居住？」王梓改問道。

「加州。」他回道。

「加州哪個城市？」

宋基喝了幾口水，回道：「荷里活。」

「你們住在荷里活？那麼，你見過哪個荷里活明星呢？」小柔好奇問道。

「羅賓威廉斯。」宋基想了想，道。

「你見過羅賓威廉斯？沒有可能啊！他在二〇一四年離世了，而你在美國只是住了半年，你——怎有可能見過他？難道你見的是他的鬼魂?!」

宋基想了想，不慌不忙地道：「我一四年也在美國住了半年，在羅賓威廉斯死前一、兩個月見過他。」

「那麼，你可有見過珍妮花羅倫斯？」志清也加入談話。

「珍妮花羅倫斯？」宋基眉頭輕皺了一下。「她是——」

「饑餓遊戲系列電影女主角囉！你——未聽過她的名字？不是吧？」王梓把驚訝的表情刻意再誇張，並以高八度的聲線問道，以致走了音。

「我不常看電影，恕我孤陋寡聞。」宋基聳聳肩，道。

「你不常看電影，但你和家人卻住在荷里活？」志清接下這個「質問」的重任，繼續連珠砲地發問。

「好！關於電影這題目，談夠了！」小柔很有霸氣的轉了話題。「宋基，你在美國住過，肯定有入讀當地學校。你的英文一定很流利了，是嗎？」

「不過不失啦！」宋基面上的笑容總是淡淡的。

「午飯後就是兩節英文課。宋基同學，如果你當真來自美國，一會兒在課上就可以大顯身手了。」王梓笑道。

在小柔耳裏聽來，王梓的話顯然埋藏着不信任，但她也不便說什麼，以免談話氣氛越搞越僵。

這個午餐，很不容易才完成了。

回到學校，王梓和志清都各自去了參與課外活動，小柔獨自帶着宋基在校園漫步，所到之處，都有女生向他行注目禮，或笑着拉扯友伴去看他。

「視藝室和地理室在五樓，圖書館在六樓，我們去圖書館，要繞那邊樓梯走，在圖書館前的架上放下書包，才可內進。」

「圖書館設置在六樓那麼高！怪不得午飯時間水靜河飛！」宋基走進只有老師和管理員的圖書館，環顧四周，慨歎道。「小柔，你呢？有多少次午飯時間會來這兒看書？」

「一星期總有三、四次。我是圖書館的常客，館裏至少一半的小說都給我看過

了。」小柔交疊雙手，自豪地道。

「你可有看過有關穿越時空的書？」宋基問。

「有！當然有！」小柔點點頭。「不過，穿越時空根本是沒可能的，所以，這類小說，我看得不多。我還是喜歡貼近現實的故事。」

「你真的不相信穿越時空是有可能做到的？」宋基微笑問道。

「我記憶中，數年前，物理學家霍金曾經為時間旅行者舉行派對，但在派對後才發出邀請信，這舉動的目的是證明，如果有人有可能穿越時空，一定可以出席這個派對。可惜，最後並沒有人出席①。這不就證明了，世界上根本沒有Time Traveller（時間旅行者）？」小柔道理鏗鏘的辯道。

「但根據愛因斯坦的相對論，時間旅行是有可能的！」宋基徐徐地道。

「總之，我不會相信世上有時間旅行者，除非——」小柔頓了一頓。

「除非什麼？」他問。

「除非讓我碰到一個，而他又可以提出有力的證據，我就會相信了。」小柔微微一笑，回道。

①內容節錄自霍金二〇一二年七月五日的網上新聞資料。

五 想潛入教員室

終於到了英文課。

張老師依然缺席，來代課的是去年退休的甘老師，但她三十多年來教授的不是英文，而是普通話，臨急被校長「拉佚」來代張老師的英文課，今天還要進行英文讀默呢！

「An-gel' s b heavy 呀 is a大惑 re 修 of——」

「嘩！甘老師，你究竟要我們默中文抑或英文呀！」子樑馬上大嚷道。

「當然是英文！」甘老師沉着臉道。

「但我明明聽到你講中文！這樣，我們就算勉強默出來，都沒可能合格啊！」佩宜怨道。

「我有個提議！」宋基突然站起來，以響亮的聲線道。「我今天才插班入讀

3A，校長說過，我不用應付這星期內的默書測驗。我提議由我代甘老師朗讀默書範圍。我在美國住過一段時間，也入讀過當地中學，英文發音不太差，你們會讓我試試朗讀嗎？」

全班靜了半頃，大家互望好一會兒，小柔率先道：「我覺得這提議不錯。甘老師，你的普通話教學經驗豐富，但英文並非你的強項。我這樣說，若冒犯了你，請不要介意。我認為可以讓宋基同學試讀一小段，看看是否可以接受。大家意下如何呢？」

班長吳明馬上和議：「我贊成！讓宋基試試無妨！甘老師，你認為呢？」

「我沒有意見。」甘老師把默書範圍向宋基雙手捧上。

宋基恭敬的接過來，站在講台上，開始朗讀。剛才像「外星文」似的句子，原來是這樣的：

「Angel's behaviour is a direct result of her home life……」

宋基的英文朗讀咬字清晰，可媲美英文老師。大家一致同意，讓他把默書範圍朗讀下去。

* * *

下課後，一眾女生一窩蜂的圍着宋基。

「你的英文那麼棒，真厲害！」

「我學一輩子英文，都不會學到你的十分之一，除非有你親自教我，你可以替我補習嗎？」

「宋基，我也要你幫我補習！」

「我又要！」

「我也想你當我的補習老師！」

「對不起！」宋基回道：「我沒有當補習老師的經驗，也不打算替人補習。我早已約了張小柔，由她帶着我繼續參觀校園，各位，失陪了！」

小柔還未來得及反應，便給宋基拉着臂膀，走出課室。

「我午飯時間不是已經帶着你遊遍校園，去過所有特別室和圖書館了嗎？難道

你想我連小花園、天台種植園也帶你去遊一趟嗎？」出了走廊，小柔邊走邊問道。

「我並非想你帶我去那些地方。」宋基放開她的臂膀，回道。「我最想去的地方是教員室。」

「教員室？」小柔反問。「你想去找哪個老師？」

「我想內進參觀一下。」

小柔停止了腳步。

「我們學校規定，學生是不能進入教員室的，除非有老師的特別指示。你想進去參觀？沒有可能。」

「今天有全體教師會議，下課後，老師都會齊集圖書館開會，教員室空無一人。」宋基頓了一頓，道。

「你怎知道呢？」小柔驚問。

「今早上數學課，我不是到黑板前做數學題嗎？經過教師桌，看到Miss Wong的透明文件夾裏有一張備忘，列了開會日期、時間和地點。」宋基平靜地解釋道，似乎覺得這樣偷看老師的文件是無傷大雅的事。

小柔瞪着圓圓的眼睛，問道：「老師全部去了圖書館開會，你就想乘機潛入教員室？你想博記大過抑或踢出校呢？你好像今天才插班入讀啊！」

「我當然不是想潛入教員室偷竊或翻看試卷，我要進入教員室的目的只有一個。」宋基面上展現一個神秘的笑容。

「是什麼呢？」

「我想去看看其中一張教師桌。」他的答案非常奇怪。

「誰的桌子？」

「張妙思的。」他悄悄地回道。

是已缺席數天的張妙思老師的桌子?!「你想在她的桌子上找些什麼？」小柔即問。「你——跟張老師究竟有什麼關係？」

「我相信你願意替我保守秘密吧？」仍未等及她回應，宋基已道：「其實，張妙思是我的家姐。」

六 瞬間轉移

「張妙思老師怎有可能是你的家姐？你們的姓氏並不相同！難道你們是同母異父姊弟？」小柔問。

「姓氏不同，不可以做兄弟姊妹嗎？」宋基反問她。

「跟父姓，不是我們的中國傳統嗎？除非是單親媽媽的孩子，才有可能跟媽媽姓氏。」小柔頓了一頓，道：「我先不跟你討論這個問題。你還是快告訴我，你要在張妙思老師的桌上找些什麼？」

「不就是線索囉！」宋基兩手一張，一個大問號寫在臉上，一副「為何你不明白」的樣子。

「什麼線索？」小柔話剛出口，才驚醒道：「張老師缺席四天了，老師們又不肯透露她缺席的原因，如果不是因病或去進修，難道……她失蹤了？」

「你猜對啦！她的確是失蹤。」宋基點了點頭，神色凝重地道。

「張老師失蹤四天，你們有報警吧？」小柔在樓梯轉角停止了腳步，問道。

宋基沒有馬上回應，而是把她帶到樓下小花園入口，四周無人的地方，才跟她道：「我並沒有報警。」

「為什麼不報警？成年人失蹤四十八小時，警方會列為失蹤人口，必定會協助尋人。你們要馬上報警呀！張老師星期一開始沒有上課，其實，她是星期日已離家失蹤，抑或星期一早上離家上班後才失蹤的呢？」小柔緊張的問道。

「我——不知道。」宋基皺眉道。

「怎會不知道呢？張妙思老師仍未結婚，應該仍然和你們同住吧？若果你不知道，你爸媽也應該清楚，對嗎？」小柔一疊聲的問道。

「我們一家人居住地方都不同。」宋基遲疑了一會，才回道。

「你的意思是——你的父母仍在美國居住？」小柔猜道。

「不。」宋基輕歎了一聲，道：「恕我暫時不能告訴你。」

* * *

待最後一位老師離開了教員室，宋基便轉頭問小柔：「我家姐坐在教員室哪個座位？」

「我上月曾替她搬練習簿進教員室。記憶中，她是坐在左邊近窗第七、八個座位，又或者第九個，我不太肯定。」小柔回道。

「謝謝你！我會自行找。」

「我還是陪你進去，當你的嚮導，並替你『把風』吧！」小柔扯扯他的臂膀，走到他的前面。

「你陪我進去？你不怕被牽連嗎？」宋基驚問。

「我是唯一知道你有此計劃的人，某程度上，已算是被牽連了。」小柔淡淡笑道：「走吧！」

空無一人的教員室，仍燈火通明。教員桌上的茶杯，倒滿了未及喝完的熱茶，仍冒着騰騰的煙。隨意擱在一張桌面的兩疊簿，其中一疊看來似有倒塌的危險，小

柔趕忙上前去推它一把，「救」回它一命。

「這一張是我家姐的桌子嗎？」宋基指指其中一張桌子，問她。

「前面的一張才是！」小柔把他帶到一張堆了三座「簿山」的桌子前。

「這疊簿是我們的。」小柔把幾疊簿搬到地上去，方便宋基從桌上找尋線索。

張妙思的桌上只放了一張相片，是和小柔的3A班秋季旅行時拍的大合照。除此以外，就是她的上課時間表和校曆表。

宋基開了幾個抽屜翻查，發現全都是和教學有關的筆記、紙張。私人物品呢？只有文具、防曬霜和潤膚膏。

所有東西，對偵查她的失蹤事件，似乎完全沒有幫助。

宋基在她的桌面繼續搜索，終於在一疊測驗卷後面發現一部小型平板電腦。

宋基把電腦開啟了，純熟的輸入密碼，沒多久，熒幕便顯示了一些資料。

他只是看了幾眼，轉頭便跟小柔道：「我已找到有用的線索了。」

「你們倆怎會走了進教員室？」

女工友善姨的聲音突然在兩人後面響起。小柔惶恐的轉過頭去，仍未來得及反

我已找到有用的線索了。
你們倆怎會走了進教員室？
!!
教員
咦？
要被發現了——

應，兩手已被宋基緊握着。她吃驚的瞪着被握的雙手，只是半秒左右的光景，她發現自己居然被瞬間轉移，在一眨眼之間，她由教員室內轉到教員室外。

「咦？宋基、張小柔，你們有事找我嗎？」班主任莫老師剛踏出教員室，主動問宋基道。

宋基旋即放開小柔的手，若無其事地回道：「小事而已。莫老師你有要事辦嗎？」

「我趕着去開全體教師會議，至少要開兩三個小時才完結。你有事的話，明早來找我。」莫老師說畢，和另外幾名老師離開了。

小柔揉揉眼睛，再看着老師們的身影消失在電梯門後，才扯着宋基的手臂，湊近他急問：「你是哈利波特的後人？抑或是大衞高柏飛的徒弟？上一刻，我們還在教員室，給善姨捉個正着；下一刻，我們竟在教員室門外，而且，時間是回到——」

小柔看了看腕錶，一臉不可置信的道：「回到剛剛——十五分鐘前！」

「你說得對！我們的確是回到十五分鐘前。」宋基一臉理所當然地道。「現在

趁教員室空無一人，我再進去取那部平板電腦，只消一分鐘時間，絕不會給那工友撞破。你大可以放心！」

「待你出來後，你一定一定要給我一個令我滿意的解釋！」小柔義正辭嚴的道。

七　時間旅行者

「你——究竟是什麼人？」

小柔方在餐廳坐下，仍未放下背上的書包，便忍不住馬上問宋基道。

宋基沒有正面回答。他先替兩人點了飲品，才道：「剛才在圖書館，你跟我說，你不相信穿越時空是有可能做到，除非讓你碰到一個時間旅行者。如果，我跟你說，我就是這個人了。你——會相信嗎？」

小柔怔住了。

面前這個相識了只一天的帥哥，竟然向她說這樣的一番話，而剛才在教員室內外發生的事，又的確是只有時間旅行者才能做到的。

她深呼吸了好幾下，嘗試消化這個常人難以消化的回應。

「你是怎樣成為時間旅行者的？」小柔問。

「我們的家族成員，由十五歲生日那天開始，便自動擁有這個回到過去的能力。我們只要閉上眼睛，集中精神，便可以回到短至三分鐘前，長至三十年前的時光。」

飲品送到了。宋基馬上閉嘴，待侍應離開後才繼續。

「不過，雖然我們是時間旅行者，但我們只能夠回到過去，不能到未來。」

「你——剛才說你們的家族成員都有這個能力，那即是——張妙思老師也可以回到過去，是嗎？」小柔認真地問道。

「是的！我爸爸家族所有成員都可以。家姐其實是大學歷史系的研究生，她特意選擇回到二〇一六年作生活體驗，目的是搜集資料，寫她的畢業論文——」宋基解釋道。

「等等！你說張妙思老師特意選擇回到二〇一六年，那即是，你們並不是屬於這個時空的，對嗎？」小柔打斷他的話，問道。

「對。」他點了點頭。

「那麼，」小柔吞了一大口涎，才問：「你——是來自那一年的？」

「二〇四六年。」宋基徐徐地道：「我們最盡可以回到三十年前，所以家姐便選擇到來你們這個時空。」

「原來……原來你和張妙思老師都是來自未來！」小柔瞪着他，滿眼驚異地道。

「是。家姐各科成績都優異，尤其英文和歷史，所以，她在你們的時空有資格擔任中學教師。」他道。

「我不太明白！」小柔不禁問道：「張老師是二〇四六年的人，她來到我們的時空，是如何取得身分和學歷的證明，受聘當教師呢？」

「我們的家族成員，有些在政府部門工作，也有些是學校校監，取得必須的身分和學歷證明，完全不是問題，況且我家姐是研究生，曾在中、小學代課，在你們的時空任中學教師是綽綽有餘。她的身分證明，只是把出生年份減三十年罷了。她的學歷、成績表上的每項成績都真確無誤，只是證書的年份不同，目的純粹是方便她在你們的時空工作。說到這兒，你——明白嗎？」

小柔愣了一愣，道：「你字面上的解說非常清楚，只是，我要多一點時間去消

化。」

「沒關係，我也明白這些事情，對你們這時空的人來說，一定難以接受。在我上月十五歲生日那天，爸爸跟我說這事的時候，我也以為他在開玩笑，及至他握着我雙手，瞬間把我帶回一年前，我的十四歲生日派對上，我才驚覺，他說的是千真萬確的。」宋基道。

「你家人全都有這超能力嗎？」小柔問道。

「嚴格來說，是我爸爸的家族有這個能力，我媽媽並沒有，而我和家姐就遺傳到了。」宋基道。「若不是我爸爸告訴我這家族秘密，我還以為家姐是到了外地深造，忙碌得連跟我視像通話也沒有時間。原來，她是到了你們的時空。

「家姐曾答應爸爸，會在四天前，即是十二月十八日回來。可是，她並沒有依約出現。爸爸本打算自行到你們的時空尋找她，但出發前，他扭傷了足踝，傷勢頗嚴重，所以我便自告奮勇代他到來，希望可以尋回家姐，把她帶回家。」

「既然你已把一切告訴了我，我覺得我有責任助你一臂之力，尋回張妙思老師。」小柔話剛說完，自己也對剛才的決定有些驚訝。

宋基和張妙思老師都是來自未來的人，有穿越時空的能力。她，張小柔，只是個平凡不過的人，何來能力幫宋基尋人呢？

豈料宋基卻沒有「嫌棄」她的平凡，還道：「有你幫忙，我真是太幸運了！」

小柔笑了笑，道：「如果你真的希望我幫忙尋人，可否先告訴我，你在張妙思老師桌上找到的平板電腦，裏面有些什麼資料呢？」

「你想知道？沒問題。」宋基馬上把電腦從背包掏出，放到桌上開啟。沒多久，熒幕上便出現張妙思這四個星期的日程表。

「這是爸爸要求家姐每星期日晚做的功課，把那星期的日程表，每個約會的人物都清楚記下。爸爸就是怕有一天與家姐失去聯絡，靠着這

些記錄，他仍有線索可以追查下去。」還是頭一趟看老師的日程表啊，小柔有點窺探人家秘密的感覺。但，既然目的是要尋回張老師，相信她不會介意吧。

日程表上，除了每天回校上課，一星期有兩天到大學進修外，張老師還有很多「課餘活動」。

「嘩！原來，傳聞張老師和甘Sir拍拖一事是真的！」

當小柔看到張老師下班後的約會，一星期有一、兩次都是見甘Sir，便「嘩」的一聲叫了起來。

「一星期見一兩次，你認為這就一定是拍拖了？」宋基笑問。「我今天剛來上課，下課便和你出入教員室，上茶餐廳。之後幾天，若果你願意幫我追尋家姐下落，可能我們都會在一起，那麼，我們算不算是拍拖？」

被他這麼一問，小柔雙頰緋紅，垂頭不語了。

「家姐是很專注學業和工作的人，她說過，不會隨便拍拖。」宋基仔細看着家姐的日程表，道。

「甘Sir是全教員室最年輕又最帥的老師呢！」小柔忍不住反駁他。

「一般女孩子認為外表是最重要，但家姐是不同的。」宋基望也不望她，道。

是批評我太膚淺？

小柔感到沒趣，低頭去繼續看那日程表。

張老師周末的約會，有不少是與兩個女孩子——Mabel Yu和Joey Fong一起的。

「她們是學校的老師嗎？」宋基問。

「學校裏沒有姓余和姓方的老師，校務處職員也沒有這兩個姓氏，我相信是她在校外結識的朋友，又或者是鄰居。」小柔回道。「如果你想先問問和張老師一星期見三次面的甘Sir，我可以馬上找到他。」

「你和他很熟絡？」宋基驚訝。

「我和他一點也不熟，不過，我自有辦法！」

八 甘Sir的秘密

「咦？王梓，怎麼你會來了？有什麼急事？」

甘Sir一開門，見王梓站在門前，很是愕然。

「甘Sir，其實，我不是因為校園電視台的事來找你。」王梓欠一欠身，揚一揚手，介紹了身後的兩人。「要找你的是我的同學——宋基和張小柔。」

甘Sir盯着他們，問道：「你們——好像並非我的學生，對嗎？」

「對！但我們有要事找你！」宋基回道，並在得到甘Sir同意前已走了進屋裏。

「喂喂！我好像仍未邀請你們內進！」甘Sir正要伸手攔截，宋基已箭一般闖進客廳了。

「是誰呢，甘仔？」

一把熟悉的聲音由廚房傳出，一個嬌小的身影隨即站到廚房門旁。「訓導主任

伍雪玲老師?!」小柔和王梓不約而同地叫起來。

*　*　*

喝了幾口綠茶，小柔定下神來，老實地問道：「甘老師，我們在校內常常見你和張妙思老師走在一起，還以為你們是一對！」

「我和張老師因為同是任教英文科，又教同一班級，工作上常會交流，而且，校長又希望她下半年擔任校園電視台的負責老師，所以，這兩、三個星期要常常接觸她，談交接工作一事——」

「下半年？她說下半年願意擔任校園

電視台的負責老師？」宋基驚問。

「是的。有何問題呢？」甘Sir反問他。「每個老師都要負責一些活動的。而我，下半年會有另一些工作。」

「我和甘Sir拍拖的事，你們一定要保密！校長怕我拍拖一事會成為同學們茶餘飯後的話題，或會影響我作為訓導主任的威嚴，加上我是新上任的，更要努力樹立形象。」伍雪玲老師補充道。

「王梓，你帶同學上來我家，該預早跟我說才是！」甘Sir向他皺眉道。

「是我們心急，以為你會有張妙思老師的消息，所以要求王梓帶我們來向你查探。」小柔解釋道。

「張老師已經四天沒有回校，我數次致電她手機，都未能接通。聽聞，她並未致電回校請假，連校長也未能聯絡上她，若果她一直玩失蹤，我擔心她會被解僱。」甘Sir道。「原來你們也這麼關心張妙思老師，擔心得要上來找我查問。」

「其實，最擔心她的，是宋基。」小柔伸出手指來指指他，道。

「宋基，你不是新生嗎？你今天才入學，怎會認識張妙思老師？」

「她——是我家姐。」宋基沒有半點隱瞞的意思。

伍雪玲遲疑了一下，問：「你們是同母異父的姊弟嗎？」

「怎麼你們這時空的人總愛這樣問？」宋基搖搖頭，歎道。

「我們這時空的人？你這樣說是什麼意思？」甘Sir以奇異的眼神盯着他，問道。

「他的意思是，你們這年代的人，總愛這樣問。我來代他答吧，他們的確是同母異父的姊弟，宋基轉來我們學校，目的是尋找張妙思老師。」小柔連珠砲似的代他發言。「我們在張妙思老師的日程表上找到兩個出現多次的人名——Mabel Yu和Joey Fong。你們有否聽聞她提及這兩個名字呢？」

「沒有啊！」甘Sir徐徐搖了搖頭。「我們談話的內容一直都不離公事，所以對她的私事，我一無所知，就連她家裏有什麼人，她都沒有提過。」

「張妙思在教員室就坐在我旁邊。和我一樣，她也愛烹飪和跑步，縱使我們志趣相投，算是很投緣，但她從沒有談過自己的家事。基本上，她算是一個很神秘的人！」伍雪玲老師補充道。

「我想多問一件事情。」宋基道：「我家姐在失蹤前幾天，有否提及過她的一些計劃，或將會見的人？」

「我記得，上星期五放學後，她曾跟我說要去買材料，為朋友炮製曲奇。至於是為哪些朋友，什麼時候會面，她則沒有透露。」伍雪玲老師說畢，歎道：「早知當時多口問她，或許她會告訴我。希望她不是遇上了什麼意外吧！」

「宋基，你爸媽該已報警了吧？」甘Sir突然這樣問。

「報了！」小柔馬上代他答。

「未啊！」在同一時間，宋基卻給了一個否定的答案。

兩人旋即對望，小柔在思索兩秒後又拋出一個謊言。

「Auntie，即你媽媽剛才致電我，說已經報警，這是最新的消息。」她裝作一臉自然地道。

王梓不可置信地來回望着他倆：「你們只是第一日相識，就已經熟絡到這個地步?!」

「既然已報警，我們就交由警方去尋人吧！」甘Sir打完場道。「時間不早了，

你們快回家去，以免你們的家人掛心。」

「甘Sir，我家姐真的答允了下學年接任校園電視台的工作？」臨走時，宋基還是要問。

「是，她還就下學年的活動大計和我詳談過。」甘Sir道。

「上星期，張妙思更自動請纓，說可以替代下月放分娩假的郭老師，擔任訓導組的工作，我回她說要跟校長商量一下。張老師看來很喜愛當教師這份工作，這樣有工作熱誠的人，應該——應該不會做傻事吧？」伍雪玲老師遲疑了半頃，才吐出最後的一個問題。

「做傻事?!」大家驚叫起來。

「不會的！不會的！伍老師都說她應該不會！大家不用擔心！」甘Sir笑容牽強地道。

九 不會做傻事吧？

離開甘Sir寓所，在電梯裏……

「你們剛才所說的話，有多少真，多少假呢？」王梓問道。

「我所說的全是真的！小柔的話則大都是假的。」宋基交疊着手，道。

「我是逼不得已才說那些謊話的！」小柔辯道。「總不能向甘Sir和伍老師說出你和張妙思老師的真正身分吧！」

「真正身分？什麼真正身分？你們有何隱瞞？快告訴我！」王梓質問道。

電梯到地下了，門一打開，宋基拉着小柔便跑，王梓呆了一呆，才拔腿在後頭追，才一拐彎，便失去他倆的蹤影。

「不用跑了吧！王梓……他沒有追上來。」小柔甩開他的手，道。

「那就好了！」宋基道：「他根本幫不上忙。」

小柔的電話響起來了，她馬上接聽。

「現在什麼時候啦，你還不回家？」張進在電話那端咆哮起來。

「是誰找你？」宋基問。

「一個可以幫到你忙的人——我爸爸！」

* * *

「你們說的都是千真萬確的？」張進聽完，雙眉深鎖，問道。

「是難以置信，但確是真的。」小柔道。

「你——是來自二〇四六年？因為有穿越時空的能力而到來我們這時空？」張進直起腰，嚴肅地看進宋基的眼裏，問道：「可以給我點證明嗎？」

「當然可以！」宋基回道，然後伸手去握着張進的手。

「你幹什麼呀？」張進喝問，並想甩掉他的手。

「要帶你回到過去囉。」宋基理所當然地道。「就回去十五分鐘前吧！」

一瞬間，張進發現自己正和宋基手牽手站在屋外。

「我們……怎麼會……」張進環顧四周，錯愕的問。

「十五分鐘前，我們在屋外。是你駕車去接我們回來的。」宋基放開他的手，若無其事的解釋道。

「爸爸，你剛才一定是經歷瞬間轉移，回到過去了。」在一旁的小柔笑吟吟地道。

「你——你——你真的有能力回到過去？還可以帶人一起經歷，真是神奇！」張進定過神後，緊捉着宋基的雙肩，道。

「你現在相信我的話了吧？」宋基笑問。

「親身經歷過，不得不信！」張進長長吁了一口氣，道：「還以為一生人什麼世面都見過，原來，我只是井底之蛙！」

「其實，我的能力有限，我極其量只能夠回到過去，不能到未來探索。」宋基謙卑地道。

「這已經很厲害了！」張進把門匙掏出，一邊開大閘，一邊問道：「宋基，你的家姐是否也有這個能力？」

「是。跟我一樣，十五歲開始有這能力。」宋基回道。

「如果，她有瞬間轉移的能力，該可以在危急情況下逃生。」張進想了想，問道：「就算她被人囚禁，也有能力逃出。」

「有一點我要補充，就是——如果我們受了傷或生病了，穿越時空的能力會減弱，甚至會暫時喪失。我就是擔心這兩件事會發生在家姐身上，以致她和我們失去聯絡。」

「會不會有這個可能——就是她在穿越時空時出了點意外，以致卡在某一時空，不能回到現在呢？」張進又拋出一個可能性。

「我不排除有這個可能。」宋基倒抽一口涼氣，道。

「你說取得了你家姐的日程表，她有否記錄上星期的日程呢？」張進問。

「她只寫到上星期五。」宋基把平板電腦開啟，好讓張進可以更深入了解。

「上星期五，張妙思老師曾向人提到會炮製曲奇給朋友品嘗，但沒有提及是什麼朋友。」小柔補充。

「一直謠傳甘Sir和她是一對，但剛才我們向甘Sir查問過，得知他們只是同事關係。」

「她的日程表上經常出現Mabel Yu和Joey Fong。」張進道。「聚會頗頻密的名字，應該是知己朋友。」

「是！但她們並不是我們學校的老師。」小柔道。

「日程表上有記錄她逢星期二、四下班後會到大學上進修課程。」張進食指點一點熒幕上的兩個日子，道：「她們可能是張老師在上課時認識的同學。宋基，你有你家姐的地址吧？」

「有。家姐曾托完成研究回家的親友，把她家的門匙交給我們，以防萬一。我帶着來了。」宋基拍拍口袋道。

「失蹤人士的家，一定要去一趟，應該可以找到重要的線索。事不宜遲，就現在起行吧！」張進從沙發上站起來，道。

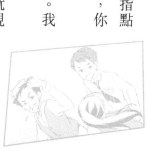

十 突然響起的門鈴

「請問是找哪個單位？」張妙思寓所大堂的男護衛員問道。

「1215室。」宋基回道。

「知道戶主姓名嗎？」這名盡責的中年護衛員，以禿鷹樣的銳利眼光打量這幾個陌生人。

「知道，是張妙思。」宋基馬上回了他。

「你是她的什麼人。」

「弟弟。」宋基有點不耐煩了。「我們可以進去了吧？」

「要先登記身分證才可以進去。」護衛員低頭翻開訪客登記冊。

宋基遞了身分證給他。

他雙眉一皺，道：「你剛才說是戶主弟弟，怎樣你倆不同姓的？」

「其實他們是表姊弟的關係，你剛才聽錯了。」小柔「更正」道。

「你們又是張小姐的什麼人？」護衞員鍥而不捨地問。

「你用不着把我們當是賊吧?!」宋基沉着聲道。

小柔按着他的手，示意他要冷靜。

「我們是張妙思小姐的朋友。」小柔回道。

「你們約了張小姐？」護衞員歸還宋基的身分證時，問道。

「是！我們上樓了。」宋基取過身分證，未等及他回覆，便拉着小柔和張進走進大堂。

「從未遇過這麼麻煩的護衞員！」宋基咕

嚕道。

「一會兒我們走的時候還會見到他，無謂與他起紛爭！」張進道。

* * *

張妙思寓所的門一開，迎接他們的是一片黑暗。

宋基伸手摸索牆上的燈，着了，整個房子在他眼前呈現，他情不自禁地叫了一聲：「家姐！」

人離開了好幾天，但這個屬於她的空間仍存有她的氣味。

「家姐，你在家嗎？」

明知她不在了，他還是向空氣發問。

「我就感覺不到有人在的跡象了。」小柔四處張望，道。

「好！感受完了，我們兵分兩路行動吧！我和你負責在客廳搜索，宋基就負責睡房的搜索。開始吧！」

小柔一個箭步走到廚房去。

聽伍雪玲老師說，張妙思老師上周末和朋友有聚會，她打算製作曲奇餅給朋友品嘗，說不定在廚房會找到有用的線索。

小柔打開廚房的焗爐，盤子上還殘留着曲奇餅碎，是主人未及清理便匆匆離去了。

廚房的工作桌上放着兩個小小的透明膠盒和一卷錫紙，旁邊一個銀色的雙門雪櫃，門上斑駁的貼上至少十張不同類型的紙：日曆、茶餐廳外賣餐牌、各款中、西餐的菜譜……還有一張餐廳的單據。

小柔想把所有紙張取下來細看，在摘下磁石貼時，一不小心把全部紙張掉到地上去。

她彎身去拾的時候，發現了一個速遞信封。

收件者是張妙思，寄件者——就是他們正要找的其中一個重要人物——Joey Fong！而速遞信封裏，空空如也，但在信封面，就有Joey Fong的地址！

「你們快過來看吧！快快快！」小柔大叫起來。

「什麼事？」張進和宋基都立刻跑到她身邊。

「你們看呀！我找到這個信封，上——」

就在這時，門鈴突然響起。

「會是誰呀？難道是家姐回來？」

宋基說畢，飛也似的衝去開門。

「宋基，不要胡亂開門呀！」張進追在後面，補上一句。

可惜太遲了，宋基已開了門。

站在門後的不是張妙思，而是兩個高大威猛的男子，和剛才在樓下大堂遇見的護衛員。

「我們是灣仔警署的警員，剛才收到這單位戶主鄰居的來電，得知有人進入了這單位。因戶主張妙思是失蹤人口，故我們有必要到來調查。」其中一名警員向他們出示證件，道。

「有人報了案？請問是誰報了案？」張進問道。

「是我今早報案的！」一把尖銳的聲音在警員身後發出，一個胖圓的中年女人擠到前面，道：「我就住在她對面，早在上星期已約了張妙思在星期一吃晚飯，她

並沒有出現。按門鈴，沒人應門，致電她手機，一直駁不通。昨天我走到她任教的學校查問，才知道她原來已好幾天沒有上班。她是獨自居住的，沒有家人。如果我不報警，便沒有人會做這個動作。今早報了警，剛才就發現你們幾個陌生人鬼鬼祟祟的竄進妙思的寓所，我和看更明哥商量，他也對你們三人身分有懷疑，覺得有必要通知警方。」

「是呀！」護衛員指着宋基道：「這個小子自認是張小姐的弟弟，但身分證上的姓氏與張小姐的不同，後來又改說是她表弟，又說約了張小姐，卻有她的門匙，可以擅自進入！阿Sir，把他們全帶返警署吧！」

「行了！我知道如何處理。」警員揚一揚手，示意他合上嘴，然後對宋基道：「你如何進入這個單位的？」

「我有門匙，是家姐給我的。」宋基如實回道。

「你家姐？你指的是戶主張妙思？」警員問。

「是。」宋基點點頭。

「她是在什麼時候給你的？」警員看進他的眼裏，問道。

「在她上次回家的時候。」

「是什麼時候？你住在什麼地方？」

「我住在豪翔道豪軒閣。」

「豪軒閣？香港哪有這個屋苑？」警員滿眼疑惑地問。「我就住在豪翔道附近，你不要耍我了！」

「豪軒閣是在二〇四四年才建成的！」宋基急起來，解釋道。

「二〇四四年?! 真荒謬！」警員皮笑肉不笑地反問。「你在講科幻故事嗎？你們不如全部跟我回警署協助調查吧！」

「回警署？我們哪有空跟你們回警署？」宋基詫異地問道。

「我不知道你是否這年代的人，但人人都知道，警方要你返警署協助調查，是馬上就要做，不能擇日揀時的！」警員板起面道。「你是否要採取不合作態度？」

「不敢不敢！但，你們可否給我五秒？」

十二 大逃亡

「好，就只是五秒！」警員交疊雙手，嘴角一翹，回道。

宋基轉身向小柔和張進輕聲道：「把雙手遞給我！」

他們馬上明白他的意思了，立刻遞出雙手。

一瞬間，他們三人手牽着手在電梯裏出現了！

「呀——」電梯裏的人都尖叫起來，縮到四個角落。

「天還未黑齊……你們便出來了？」縮在電梯按鈕旁的一個中年胖漢，兩手扶着牆，扭着頭，聲線抖顫地問道。

「鬼節過了幾個月啦！你們現在才現身……」一個嚇得蹲在牆角的少女掩臉問道。

「對不起！我慌忙間選錯時間，嚇倒你們了！不好意思！」宋基抱歉的道。

「你快選過一個時間吧！」小柔見他們三人被當是鬼，遂催促他帶大家逃離此地。

三人的手再次牽上，一轉眼，地點又再更換。

「嘩！」

一架七人車從右邊急駛過來，小柔見狀，大驚，死命把宋基和張進扯到一旁，趕及避過一次意外。

「小心！」張進大叫，將二人一把扯回行人路，剛好避開一架疾駛過來，剎掣也剎不及的電單車。

「我們差點兒命也丟了！」驚魂過後，張進向宋基埋怨道。

「對不起！我只想着要穿梭回去半小時前和四十五分鐘前，未能計算出在那個時間，我們身在何處——」

「你們……有沒有受傷？」有人打斷他們的話，問道。

「沒有！多謝關心！」小柔別過頭去一看，面前的人戴着頭盔，是——是剛才差點撞倒他們的電單車司機！

「剛才，我……明明看見前面沒有人沒有車，怎麼……你們會在我眼前突然出現呢？」司機惶恐地問道。

「這個問題——」小柔面有難色地道。

「我們的真正身分是魔術師，現正在排練街頭魔術。」張進代答道。

「是嗎？你們是魔術師？」他半信半疑地道。

「對！只要我們手牽手，只消三秒，我們便會以掩眼法在你面前再次消失。」宋基笑道，笑容極牽強。

「再次消失？」司機瞪眼問道。

「想再看一次嗎？不要眨眼啊！」張進笑着和小柔、宋基再次牽手。

「三、二、一！」

場景又再轉移，馬路、街景消失，代之而來的，是公園旁的一條無人的小路。

「今次的選址正確了！」張進鬆開他的手，也鬆了一口氣。

「我只能選時間，沒法選地點。碰巧在這個地點『降落』，是幸運而已。」宋基長長吁了一口氣，道：「我也不想突然出現或消失，嚇怕無辜的人。」

「現在是什麼時間呢？」張進問。

小柔看看腕錶，道：「我們已回到五時四十五分。」

「好！我們已從所有險境中安全逃脫，現在是否要再一次回去張妙思的家搜索呢？今次可要想清楚如何面對她樓下的護衛員了！」張進道。

「或許——或許我們不用回去張妙思老師的家了。」小柔道。

「為什麼？」宋基問。「難道你剛才已找到有用的線索？」

小柔把藏在衣袋裏的速遞信封取出。

「我在警員到來前，在廚房找到的。」小柔攤開信封，指尖點一點左上角的回郵地址。「這個就是張老師好友Joey Fong的地址。看呀！地址旁邊寫上了一個日期——十二月十七日，即是上星期六！」

「這個……不就是家姐的字跡？她在十二月十七日，回家之前一天去了這個地址，該是一個朋友的聚會！對了！家姐應該就在這個Joey Fong的家，我們現在去吧！」宋基激動地道。

現在是什麼時間呢？
我們已回到五時四十五分。
回去張妙思的家搜索呢？
或許——
或許我們不用回去張妙思老師的家了。
為什麼？
難道你剛才已找到有用的線索？
我在警員到來前，
在廚房找到的。
這個就是張老師好友Joey Fong的地址。

十二 不祥的預兆

「爸爸，你肯定是這兒嗎？」

小柔從車窗望出去，外面的是一幢三層高，裝修別樹一格的別墅。

「有GPS導航的，怎會錯呢？」張進一邊把車子泊在別墅前的空地，一邊道：「傻的人才會住在這麼僻靜的地點！兩三里內都沒有一個人，若果發生了事，找誰來救他呢？救護車也要好一段時間才能駛到！」

下了車後，宋基環視四周，道：「家姐沒有車，若果要來這兒，一定是朋友接送。」

已是黃昏時分，別墅只有樓下一層亮了燈。該是全家人在樓下飯廳吃晚飯吧？

小柔仰起頭，眺望這幢在彩紫晚霞作背景襯托下仍然瀰漫詭異氣氛的別墅，心

裏的不安感覺越發凝重。

既然到來了，當然要進去查探一下。

她伸手去按大閘的對講機，不過，全無反應，而大閘當然是鎖上了。

「看怕是壞了。」張進推想道：「這樣富有的人，大閘對講機壞了，一定會第一時間找人修理。尚未修理好，也該張貼告示，讓訪客知道如何與裏面的人溝通。現在什麼也沒有，直覺告訴我，裏面有事情發生了！」

「爸爸，跟你一樣，我也有些不祥的預兆。我們……是否現在就報警？」小柔猶疑道：「我怕……只憑我們三人，應付不來。」

「不如，我們進去看看環境，才決定是否報警。若果報警說我憑直覺判斷某地點有事發生，警方會理睬我嗎？」張進反問。

「如果家姐就在裏面，她該已經被困好幾天了，幾天缺水缺糧，會有生命危險呢！我們現在就進去吧，不成功的話，就報警，用任何藉口都務求要令警方派人進去搜一搜。」宋基坐言起行，兩手一攀，雙腳踏上大閘的空隙，縱身一跳，便成功「入閘」了。

小柔踏在張進雙肩上，一個翻身，也到了閘後。張進在五米外助跑到閘前一躍，亦輕盈地「過關」了。

沿着一條小石路走，三人到了別墅門外。

按了門鈴，良久，沒有人應門。

裏面有亮燈，但窗簾拉嚴了，看不清屋內的情況。

宋基按捺不住奮力拍打大門。只一下，大門竟被推開了。

「原來只是虛掩罷了！」小柔驚道。

「讓我先進去！」張進攔着宋基，並馬上走到他前面。「宋基，你跟在我身後，小柔，你走最後吧！」

面前這近千呎的客廳，只靠廳中央一盞亮着的宮廷式水晶燈照明。燈的光線不強，似是給調暗了。

客廳的主要布置，除了水晶燈外，都以實用為主，想來屋主是個頗實際的人。

六十多吋大電視和有巨型喇叭的音響器材，靜靜的待在客廳，落地玻璃陳列櫃裏放着的潮物和新奇獨特小擺設，告訴別人，這個家也住了至少一個年輕人。

「Hello！請問有人在嗎？家姐，你在嗎？我是宋基呀！」

「你的大門沒有鎖上，所以，我們便自行進入。」張進也道：「我們只想問問屋主一句：張妙思小姐有否來過呢？」

他們環視四周，沒有人影，也沒有任何回覆。

「呼」、「呼」！

輕輕的兩下碰撞聲，難以分辨是來自客廳的哪一邊。

「是家姐！很可能是家姐被困在某個房間，她聽到我的叫喚！一定是了！」

宋基說畢，馬上衝進走廊右邊的第一間房間。

「宋基！等等，我們要一致行動！」張進和小柔趕緊追上去。

他已推開了門。

房間沒有開燈，一片黝暗。宋基伸手去摸索燈掣，「啪」的一下，燈亮了，整個房間就在他眼前出現。

「嘩！好像有猛獸剛剛走進了這個房間！」小柔看見一地碎玻璃、跌破了的擺設和散落一地的雜物和衣服，不禁說。

「這兒明顯地有激烈打鬥的痕跡。」張進環視四周，神情凝重地道。他走到牀邊，拾起地上一個被撕破了的枕頭，吞了一口涎，竭力保持鎮定，道：「這上面還有一灘已經乾了的血跡！」

宋基的擔憂一下子上升數十倍。

「我一定要儘快找回家姐！」他正想再衝往另一個房間時，張進按住他雙肩，道：「你等一等！就看這間房間的凌亂情況，我覺得很不尋常。我——認為有需要報警！」

「其實，我早已托人替我們報警了！」小柔輕聲道。

「你已托人報警？什麼時候的事？」張進詫異地問。

「就在來這別墅的途中，我收到王梓傳的短訊，問我去向。我告訴了他，連同別墅的地址也傳了給他。他坦言說擔心我們會遇上危險，我說，若果我半小時內沒有回覆，就請他代我致電刑Sir求助，請他務必來一趟。」

「那個刑Sir是警察嗎？」宋基問。

「是。早前，我們隔壁發生兇殺案，刑Sir是負責案件的探員，和我們算是相熟。」小柔回道。

「有警察會來支援，那就好了。」宋基道：「我現在繼續去找家姐，你們會和我一道去嗎？」

「宋基，我陪你去吧！小柔，你還是到屋外等刑Sir到來好了。」張進考慮過後，

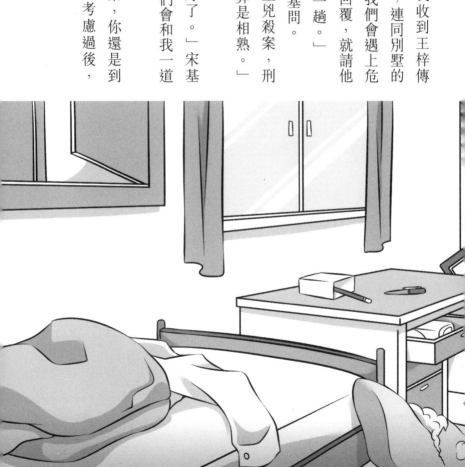

道。

「爸爸，你未免太看小我了！」小柔道：「我請刑Sir來，是因為若果遇上壞人，要拘補他們的話，就一定要警方到來。我懂武術，又是短跑冠軍，萬一遇上危險，我的應變能力比你們更高。所以，爸爸你不用擔心我。」

「好！我們三人繼續搜索，但必須一致行動！我領前，小柔在中間，你走最後。」張進擔任「軍師」，下了這道「命令」。

十三 跟真相的距離越來越近

走廊第二個房間是書房。

書房裏面卻絲毫沒有任何損毀。

「家姐不在這兒，我們走吧！」宋基急道。

「等一等！我想周圍看看。」小柔拉着他。

「看什麼呢？這兒沒有衣櫃，沒有藏身的地方，根本不用再看。」宋基道。

「我想看的不是那些。」小柔走近書桌，看看掛在牆上的近十張證書和相片。

「原來，這個屋主是在美國洛嘉柏文大學畢業的。Joey Fong的爸爸就是證書上的Edwin Fong，中文名……照這個英文譯音該是方一平。這張相片是他在辦公室前攝的，他該是在某所大學做藥物研究。而這一張相片中的他，該是到了大鵬島大學任教……對了！這張相片背景有大學的牌匾……」小柔一邊細看相片，一邊道。

「大鵬島核電廠的二號反應堆去年曾發生爆炸，洩漏輻射，有人即時喪生，附近城鎮的幾萬人需要全部撤離呢！宋基，這對你來說是三十一年前的事，你未必會清楚。」張進補充了這個資料。

「我——的確不知道。」宋基如實地道。

「我想知道的是，究竟方一平是在輻射洩漏前已經離開大鵬島，抑或在事後才返回香港？」小柔看完牆上的最後一張相片，自言自語地問。「這兒的相片和證書，都不能明確地告訴我，這個問題的答案。」

「如果，生物受到高強度的輻射，會引致死亡，或者基因異變。希望這位方一平先生是早已離開了大鵬島。」宋基道。

「所有大鵬島居民都已被安置在別的地方居住。現在的大鵬島，仿如一座死城。」小柔歎道。

「好！我們知道屋主的身分了，還是繼續搜索吧！」張進提醒他們道。

一樓餘下的房間是洗手間，沒有人影。

「搜索大隊」轉而上二樓。

第一個睡房，有點凌亂，但並非因打鬥以致凌亂。明顯地，這房間是屬於一個不愛收拾的人。

「咦？我看到家姐！」宋基驚道。

「你家姐在哪兒呀？怎麼我們見不到？」張進四處張望，問道。

「這兒！」宋基指指桌上一個精緻的鍍銀相架，架裏一張情侶面貼面的相片。

「是張妙思老師和她的男朋友！這個男朋友——就是——這睡房的主人？」小柔好奇的看了看相中的男孩，再翻一翻桌上的一疊信件。「信件都是Joey Fong的，上面寫着給Mr. Fong。這個Joey Fong是個男孩！」

「原來家姐是有拍拖的！」宋基不可置信

的道。

「張妙思老師既漂亮又年輕，拍拖有何出奇？不過，我誤會了她拍拖的對象是甘Sir罷了。」小柔道。「或許，我聽容祖兒的歌太多了，一見Joey這名字便馬上想到是個女的。」

「張妙思老師好像有參加大學的進修課程，是嗎？」張進突然問道。

「是的！日程表上有記錄，她一星期到港大上兩節進修課。」宋基馬上回道。

「我有理由相信，張妙思老師和Joey Fong是在大學認識的。你們看，桌上這個港大學生證，是Joey Fong的。我的推想是：張妙思老師上星期六被邀請到Joey Fong家中作客，她在家烘曲奇餅，是為這聚會而準備的。可能是Joey Fong第一次邀請她到家裏玩，見見父親。不過，她到來後，究竟遇上了什麼事，以致無法歸家呢？方家的人又往哪兒去了……」張進仔細分析道。

一陣寒意從小柔的心底冒起。她竭力鎮定下來，並告訴自己：不要懼怕！她的目的只是追查真相，尋回張妙思老師。她跟真相的距離已越來越近了，她絕不能夠因莫明的恐懼而放棄！

「我覺得，這一切跟方一平的研究工作有莫大關係。」小柔幽幽地道。

「我也有這個感覺。」宋基道。「我們不要在此停留了，繼續去下一個房間搜索吧！」

十四 基因異變人

張進推開隔壁房間虛掩的房門。

房間一片漆黑。

站在他身後的宋基，正想伸手去開房間燈，卻給張進按住了手。

「窗邊有人。」張進聲音很輕，輕得幾乎聽也聽不到。

小柔循他的指示向窗邊一看，只見一個人影，動也不動的站在窗簾旁。

是女人的身影，但，矮矮胖胖的，絕不是張妙思老師。

「你好！借問一聲——」

張進還未説完，黑影快速轉身過來，發出猛獸似的嘶叫聲，並向着他們飛撲過來。

「後退！後退！」張進機警的往後退，三人成功逃出了這房間。

原本「殿後」的小柔，跑進隔壁的浴室，開了燈，扯開浴簾，確定沒有「怪物」躲着，便把宋基和張進扯進來，並在那「怪物」衝入前關上門，並鎖上了。

怪物被拒諸門外，當然不滿，「呼呼呼」的猛力撞擊着。幸而門夠硬實，能抵擋得住猛獸般的衝擊。

「那個——不像是人啊！究竟那是什麼呢？」宋基仍猶有餘悸。

「我從未見過這樣的東西，不知道那是什麼，我只知道那東西不會開門，只會撞門。」

張進指着那門柄道：「牠極其量只會撞擊這扇門，牠完全沒有碰過門柄，就算門沒有鎖，牠也不懂開門闖進來。」

「我剛才依稀看到『牠』的正面。」小柔深呼吸了一下，道：「牠有女人的身型，但樣子猙獰，雙眼發黃光，口大張地向我們撲過來，像要吃人似的，很可怕啊！牠——算不算是個人呢？究竟受了什麼感染？怎麼會像電影裏那些基因異變人？」

「說外面那個是基因異變人，也有可能。」張進拉下廁板，坐到上面，開始作

吼——
吼——
吼——
後退！
後退！
快來這邊
鎖上——
那個——不像是人啊！
呼！
呼呼！

出分析。「方一平曾在大鵬島工作，又是藥物研究的專家，他自己有可能是輻射洩漏事件的受害者，也可能曾接觸受輻射的生物，交叉感染。」

「張進叔叔說得沒錯，剛才那怪物，該是受了感染而變成這副樣子，至於如何感染，就不得而知。我只希望家姐沒有受感染，聯絡不上只因躲起來了。否則，我……」

小柔把食指放在唇前，示意大家安靜。

半頃，張進壓低聲量，道：「外面很靜，那怪物已經停止撞擊了，不知道牠仍守在門外，抑或已經離開了呢？」

小柔把耳朵貼在門上細聽，外面一點動靜也沒有。

「牠可能走開了。」她道。

「門下有氣窗，讓我看看外面的情況吧。」宋基彎下身，從氣窗罅隙往外張看。

「沒有人影，我們該可以出去了。」

「不如再等一下吧！我怕牠還徘徊在附近。」小柔謹慎地道。

「我留意到那怪物的一個特點。」張進食指豎在半空，道：「牠在關上燈一片寂靜的房間裏，是靜止不動的，但當我們一發聲，牠便旋即向我們衝上來。所以，一會兒我們出去，都要盡量輕手輕腳，以免驚動牠們。」

「爸爸，你剛才說『牠們』，你認為那怪物不止一隻？」小柔問。

「這別墅這麼大，我相信住客不會只有一、兩名吧？其中一名受感染了，不排除屋內還有其他人也受感染。我們要提高戒備！」張進回道。

又等了些時，宋基按捺不住，說：「我要出去了，我還是想儘快尋回家姐。無論她的情況如何，我都要知道！」

「好！你等我先做一件事情才出去。」小柔想了想，道。

門緩緩地開了，外面很靜很靜，沒有誰嘶喊狂叫，也沒有任何「異物」要硬闖進來。

小柔把手機調到靜音，徐徐從門縫伸出，向左右兩邊都拍了照片。

「原來怪物已不在門旁，牠鑽到走廊尾，近窗的位置，面向窗。」小柔鬆了一口氣，道。

張進望望浴室的一扇磨沙玻璃窗，道：「外面下着雨，該是雨聲把牠引到窗旁

了。我們出去時放輕腳步，盡量不要驚動牠。」

「那麼，我們可以起行了吧？」宋基問道。

十五　白袍怪物

「可以。不過，讓我先交代點事情。這走廊盡頭便是樓梯了，如果我們一到樓上便遇到另一隻怪物，便要返回樓下這洗手間避難。你們要有心理準備，隨時要跑，必要時伸腳踢開牠們，避免用手，我怕用手會很易給牠們咬傷，以致感染。你們明白嗎？」

「明白了。」小柔和宋基回道。

「好。我要開門啦！」

張進咬咬牙，打開了浴室門。一行三人躡手躡腳的走了出去，直上樓上。

外面的雨聲越來越大，鞭子似的抽打着玻璃窗。

到樓上了，走廊似乎清靜無怪物。

搜索了兩間較小的房間，其中一間似乎是客房，另一間是放滿了菲律賓人相片

的工人房，但，兩個房間都沒有張妙思老師的蹤影。

踏出工人房，宋基忍不住歎道：「家姐，究竟是否在這屋裏呢？」

走廊盡頭的窗簾布一掀，一隻怪物揮動着兩手，連跑帶跳的撲出，向着走在最後的小柔襲來。

她大驚，但仍記着爸爸先前的忠告，起飛腳朝怪物的肚一踢，怪物應聲倒地。到牠爬起來的時候，他們三人早已躲進這一層最大的房間，並關上了門。

眼前的是一間約莫八百呎的實驗室。

電腦、顯微鏡、無數支玻璃管、大大小小的器皿，放滿了四張大枱。

「相信這兒就是方一平的私人實驗室了！」張進讚歎起來。

「他正在研究些什麼呢？」小柔站到其中一張大枱前察看那一支支仍注滿液體的玻璃管。

「千萬不要碰呀，小柔！」張進提醒她。

「我當然會小心。」她道。

「或許他正在研究藥物，醫治受輻射影響而致病的人。」宋基也走到枱前，伸

手去翻閱擱在上面的一本厚厚的筆記簿。「可惜我對科學的興趣不大，任我怎樣用心看，也不會明白這堆英文字母和數字的意思。」

「咦！」小柔突然發現牆角的一堆紙盒上，有一隻奇怪的昆蟲。

「小柔，你發現了些什麼嗎？」

「是的！你們過來吧！」她引領着大家走到紙盒前。

「那是——一隻蝴蝶嗎?!」宋基蹲下來湊近牠，觀察後，驚訝地問道。

面前的「小蝴蝶」，有一對仿如被粗暴撕掉一半的翼，觸鬚如大蟑螂鬚那麼長，身體竟有四截，腳有四對，而且身型肥胖。

「這隻的確是蝴蝶，但該是基因異變蝴蝶——」

張進的話未說完，這隻蝴蝶便突然振動雙翼，飛舞起來。

「嘩！」小柔被嚇得大叫起來，攬着頭竄到遠處。

「我這懂武術的女兒，連殺人犯、大賊也不怕，卻懼怕所有會飛的昆蟲。」張進笑道。

「爸爸，不要笑我！這是一隻基因異變蝴蝶，你不怕牠會咬你，令你感染病毒

嗎？」小柔問。

「蝴蝶不會咬人的。」他回道。

「普通人也不會追着別人來咬吧？我們還是小心一點比較好。」小柔提醒他道。

「又是爸爸你叫我們要有戒心的！」

「好！你説得對！爸爸會小心的了。」

或許是太胖了兼雙翼太小，蝴蝶飛了沒多久便回到紙盒上，停下來。

「紙盒裏放着什麼呢？」張進好奇問道。

「讓我看看。」宋基看看蝴蝶「降落」的紙盒面，上面貼着一個回郵地址。

「這個紙盒是寄自大鵬島的！」

張進立刻走近那紙盒，把它打開了一半，裏面是無數的玻璃器皿，裝着各種液體和粉末。

「照我推測，這些該是方一平在大鵬島大學研究的藥物，他希望回港後可以繼續。」宋基道。

停在紙盒上的蝴蝶，稍作休息後又開始飛舞。今次，牠的飛行路程較遠，緩緩

的、平穩的由一面牆飛至另一面，然後停在這面牆上。

宋基走近牠，細看一下，驚道：「這其實是一扇門，好像是一扇櫃門，是沒有門抽的櫃門！」

張進趨前一看，並推了推這扇櫃門，道：「奇怪，推不進。如果是拉開的櫃門，為何不設門抽呢？」

「櫃底有空隙呢！我試試由櫃底拉，或許可以把門拉開。」宋基道。

櫃門就這樣被拉開了。

小柔一看，隨即以雙手掩嘴，但叫聲還是從嘴角漏出。

「呀——」的一聲，把藏在這櫃裏的一隻怪物引了出來。

這隻身穿白袍的怪物睜開了眼睛，又是青黃的一雙眼，瞪視着你，令人心寒。

伏在櫃上的蝴蝶又振動雙翼，仿如遇上老朋友般在白袍怪物的面前飛舞，最後停在牠的右肩上。

「爸爸，快跑吧！」小柔急道，上前拉着張進便走。

「你——你是方一平先生，是嗎？」

小柔跑到實驗門前，卻聽到身後宋基竟跟白袍怪物說起話來。

「你穿着白袍，又把自己關在這密室裏，必定是方一平先生了。」宋基又道。

她轉身一看，見宋基與那白袍怪物只相距半米左右。她急起來，往回走去死命拉着宋基。

「你不怕被感染嗎？快走吧！」

「你看！他好像沒有打算襲擊我啊！」宋基道。

白袍怪物只是徐徐向前踱步，口半開半合，形態跟剛才碰見的兩隻怪物不同。

「他或許是方一平，但看他雙眼已可知道他受感染了，有一定的危險性，不可掉以輕

心。」張進解釋道。

「我想試試跟他談話。」宋基跟張進道。「給我十秒，可以嗎？」

「我一秒也不想給你！宋基，清醒一點，快跟我們走吧！」

「這實驗室已是這一層最後一個房間了，依然沒有家姐的蹤影，我只想問一問方一平，看看他會否仍然能說話。」宋基堅持。

「爸爸，讓他問吧！否則他不會心息。」小柔道。

宋基回過頭去，問道：「方先生，你可認識張妙思呢？她該在上星期六到來你這大宅玩耍，她是你兒子Joey Fong的好朋友——」

白袍怪物突然咆哮起來，兩手伸向前，撲向宋基。小柔一個箭步上前扯着宋基的手臂，以九秒九的奧運短跑速度奔到門前，和張進一起離開實驗室，並關上門。

「駐守」這一層的怪物向他們飛撲過來時，張進使出太極手勢，把牠奮力推跌。牠稍作掙扎，再站起來狂追着他們。

「快快快！」

一眾已無法以「靜音」逃離現場，樓下的一隻，聞聲趕至，張得大如碗盤的

口，發出野獸的吼叫，想先聲奪人。

「你快走開！」小柔側身跳起，兩腳齊飛，把牠踢倒。

她落地時，右手觸碰到一條幼細的罅隙。

「咦？這是——」

在她正想細看之時，怪物又乘勢向她撲過去。

「喂，怪物！過來我這邊吧！」走到客廳另一邊的張進擺動雙臂，高呼道。

怪物被他的叫聲吸引，衝上前去。

小柔趁機察看這條罅隙，才發現，這罅隙原來是——

「宋基！這兒是個地下室入口！快過來吧！」

宋基聞言，一步跨兩步，飛身趕到她面前。

「是的！這兒竟有地下室！」他兩手震顫的沿罅隙摸索，終於給他找到扯開地下室門的一個小圈了。

他大力一扯，厚厚的一扇門給扯開了。門下有一對猶疑的眼睛在張望，一接觸到宋基的雙眼，雀躍的尖叫起來。

「宋基宋基！」

「家姐，我終於找到你了！」宋基激動得淚水也湧出了。

「喂！閒話少說了！地下室是否安全呀？樓上的那隻怪物剛剛滾下樓梯，我一個不能對付兩隻怪物，可否……可否讓我們也到地下室暫避一下？我的體力所餘無幾了！」

「可以的！你們快進來吧！」

只三秒左右，三人一同跳進地下室，並關上了門。

十六 為誰而流淚

「大家已介紹過，認識了。在我們等待救援時，你們可否講述一下，之前發生的事，和你倆是如何逃到地下室的呢？」張進問道。

坐在地上，挨着牆的張妙思，望望身旁的男朋友Joey Fong，才道：「或許，我先作一個自我介紹吧。Joey，相信你不介意聽我再說一次吧？」

「當然不介意！他們千辛萬苦到來尋找你，當然有權知道事件的真相。」

張妙思微微一笑，道：「宋基也跟你們說過了，我和他，都是來自二〇四六年的未來人。我是一名大學歷史系的研究生，到來你們時空的目的，是作生活體驗，以搜集資料撰寫畢業論文。

「我預計的逗留期是一百二十三日，這亦是一個限期。如果超過這個限期，我穿梭時空的能力會日漸減弱，在一百三十天後，我將會完全喪失這個能力，亦即

是，我將不能回去二〇四六年。

「本來，一切都順利，我會按原訂計劃，在第一百二十三日回去，可是，我遇上了Joey，嘗試了我人生第一次戀愛。他，令我有想留在二〇一六年的衝動。不過，最後我還是決定回去家人的身邊，我要盡我當女兒的責任，繼續照顧父母。我在一百二十三日限期前一天，即上星期六，應約到Joey家見他爸爸。怎料，有預料之外的事情發生了。

「當Joey把我接到他的家時，才發現，他爸爸在實驗室不知怎的受到感染，變成了基因異變人，而他還感染了家中的兩名傭人！我們看見這個情況，大吃一驚，心裏只想到逃避感染。Joey說大宅有兩個地下室，可以暫避，我們便逃了進去。入到裏面，才發覺手機接收不到任何訊號，想向外求救也不遂。幸好室內有水和乾糧，可以維持生命，等待救援的到來。本來，我也可以運用回到過去的能力，帶Joey逃離地下室，但我在地下室通道擦傷了手腳，而在受了傷的情況下，我是不能帶人回到過去的。既然不能帶Joey走，我便留下來陪伴他。因沒有帶腕錶，我倆都不覺時間的流逝，在地下室和他談着談着，我坦誠告訴了他，我這未來人的身分。

「到我跟他道別，想離去之際，才發現我已過了一百二十三日內回家的限期，我穿梭時空的能力竟然削弱，以致我沒法成行。

「我想：或許是命中注定，我要永遠和Joey一起。然後，宋基你便忽然出現在我眼前了！」

「家姐，我已來了，可以帶你回家。但是你——是否不想跟我回去呢？」宋基問。

「我會跟你回去的！」張妙思道：「我回家後會把一切告訴父母，讓他們知道我在這兒的遭遇，希望他們允許我再次回來二○一六年，就算是短期逗留也好。一切待將來再決定。」

「那就好了！其實，爸媽擔心你以致失眠好幾晚。如果你可以，我們儘快回去吧，好嗎？」宋基問道。

「好！其實我手腳受的只是皮外傷，有你帶着回家，該沒有問題。我已經準備好，現在就可以走。」張妙思道。

「現在就走？那麼快就離開？」Joey捉着她雙肩，眼裏滿是不捨。

「我答應你，我會回來的！讓我見一見爸媽，我一定可以說服他們，讓我回來你們的時空。你要對我有信心才是！」張妙思笑道。

「好的！我等你！」Joey點了點頭。

一對情人不捨地話別的時候，宋基和小柔這對相識只一天的好朋友也要向對方道別。

「我從未試過跟相識只有短短一天的朋友說再見時，感覺這般難受！」宋基抿嘴笑道，但笑容牽強。

「我也是呢！今天，我們一起上課學習，解決問題甚至出生入死。和你相處十多個小時，彷彿相處了十多年，真奇妙。」小柔微垂着頭，問道：「宋基，你——會否回來二〇一六年探望我呢？」

「不會了！」宋基決絕地道。

「啊——」小柔尾音拉得老長，明顯地非常失望。

「我不會回來二〇一六年，因為，現在已是十二月下旬了，我回到我的時空後，還要應付明年一月舉行的考試，過後有兩星期假期，若要探望你和這時空的同

學，當然會選擇在二〇一七年回來！哈哈！」宋基吃吃笑起來。「你是否歡迎我回來呢？」

「當然啦！」小柔笑道。

「宋基，若果你要地方留宿，我家的門隨時為你開着。」Joey搭着他的肩膊，道。

「你家的門？你指的是這個家？」宋基向上指了一指。

「是的！」Joey回道：「待救援到來，把爸爸和我的家傭送院醫治後，我一定會清理好這個家。不過，在地下室，手機使用不了，不知道要等多久，才有救援到來——」

「你們不用擔心！我來這兒的途中，已聯絡朋友，請他們通知警方，相信他們很快便到達。」小柔連忙補充了這個資料。

「那太好了！謝謝你！」Joey一臉釋然。

「家姐，趁救援尚未到達，我們現在就離開吧，以免外人目睹我們突然消失，會被嚇壞。」宋基再道。

「嗯。」張妙思站起來，跟一眾揮揮手，道：「我們一定會再回來，你們要耐心等候啊！」

在宋基和張妙思手牽手在大家眼前消失時，小柔馬上別過頭去。她不想讓人看見她淌下的淚珠。

這些淚珠，是因為不捨張妙思老師而流，抑或是宋基的緣故呢？

只有她自己才知道。

十七 神秘嘉賓

「咦？爸爸，你今天不用上班嗎？」

放學後，小柔踏出校門，意外地看見張進笑吟吟的站在一旁。

「我今天早下班，遂特地來接你放學，順便去吃下午茶。賞面嗎？」張進遞起臂彎，讓女兒輕挽着。

「難得爸爸來接我放學，我高興得今晚要睡不着了！」小柔靠着他撒嬌。

「宋基走了後，你好像有許多晚睡不着，是不是？」張進湊在她耳邊，問道。「坦白告訴爸爸吧！」

「你怎知我睡不着呢？」小柔驚問。

「你熟睡後會有輕微的鼻鼾聲，可是，這幾晚我都聽不到。」他解釋道。

「我……沒事兒，你不用擔心。」小柔喃喃地道。

「總之，有心事可以儘管跟我説。」張進換了個話題，道：「我下午看網上即時新聞，知道了關於方一平教授的消息，想聽聽嗎？」

「當然想！」小柔扯着他的臂膀，道。

「大學的藥物研究小組，看過方教授的筆記、實驗報告，也測試過他在實驗室裏的藥物，確定了他的藥物，是為醫治受輻射洩漏的病人。

「小組把藥物用在那隻我們見過的基因異變蝴蝶身上，發現牠正在康復，身體逐漸變回幼長，多出的一對腳自動脱落。醫生初步認為可以再作測試，若結果滿意，而方教授兒子又同意的話，藥物可以用在方教授和兩名同受感染的傭工身上，亦即是，他們有機會完全康復呢！」

「太好了！我真的想馬上便把這消息告訴宋基和張老師！」小柔的笑容一下子收斂了。「不知道他們什麼時候會回來呢？」

「他們離開了只是兩個星期罷了！」張進皺眉道。

「只是兩個星期而已？我的感覺卻像是兩個月之久。」小柔嘟起嘴，道。

這時，張進的手機響起了。

「喂？我正是……是Joey？你好……」

掛線後，張進向小柔道：「是Joey來電。他說已清理好他的家，他想邀請我們這星期日晚到他處吃晚飯。我說，要先問一問你。」

「好！我當然會接受邀請。」

「你——對那座別墅，不會有任何陰影存在吧？」張進謹慎地問。

「當然不會！你要對我有信心。」小柔回復一臉俏皮，回道。

「Joey剛才說，星期日晚的飯局，會有一位神秘嘉賓參與。」他不經意地道。

「神秘嘉賓?!會是誰呢？張妙思老師？抑或是宋基？」小柔緊張起來。

「說是神秘嘉賓，當然要留待當晚才知曉。」張進笑道。

還有兩天才到星期日。小柔恨不得現在就是星期日。

她仰頭望向天，藍得毫不保留的天，令人心曠神怡。

她暗地許了一個願——星期日的神秘嘉賓，一定要是宋基。

是否愛上了他呢？她不敢肯定。

不過，除了媽媽以外，她從未試過這麼掛念一個人。
她熱切期待星期日的來臨。

君比・閱讀廊
漫畫少女偵探③
穿越時空的插班生
作　　者：君比
繪　　圖：步葵
策　　劃：甄艷慈
責任編輯：周詩韻
美術設計：何宙樺
出　　版：山邊出版社有限公司
香港英皇道499號北角工業大廈18樓
電話：（852）2138 7998
傳真：（852）2597 4003
網址：http://www.sunya.com.hk
電郵：marketing@sunya.com.hk
發　　行：香港聯合書刊物流有限公司
香港新界大埔汀麗路36號中華商務印刷大廈3字樓
電話：（852）2150 2100　傳真：（852）2407 3062
電郵：info@suplogistics.com.hk
印　　刷：中華商務彩色印刷有限公司
香港新界大埔汀麗路36號

二〇一六年十一月初版
二〇一七年九月第二次印刷

ISBN: 978-962-923-436-2

18/F, North Point Industrial Building, 499 King's Road, Hong Kong
Published and printed in Hong Kong